裏満月の華
都月 春佳
TSUZUKI Haruka
文芸社

大空に向かいポーッと汽笛を鳴らして蒸気機関車が鈍行として走り、寝台特急列車が長距離を運行していた昭和三十年代後半。

春一番が吹いて白木蓮が咲く頃、上野駅から奥羽本線を経由して日本海沿いを行く青森行き寝台特急列車に、私は母と二人で乗車した。降り立った駅のロータリーにはタクシー乗り場とバス停があり、駅前から真っ直ぐ延びる道路の両脇には果物店や土産物店、生花店、大衆食堂が軒を並べ、人々が行き交っていた。

その日は絹糸を思わせるような雨が降り、遥か遠くまで靄《もや》がかかっていた。駅前からタクシーで五分ほど行ったところに母の実家がある。奥座敷に足を踏み入れると白檀の香りがしたのを覚えている。祖父が長年使用していたその部屋に、死に化粧を施された菊江《きくえ》さんが眠るように横になっていた。

祖父の部屋で永遠の眠りに就いている菊江さんは、博多人形を想起させる肌理《きめ》細かな白い肌にスッキリと通った鼻筋、閉じていても二重と分かる美しい弓なりの瞼には長い睫が綺麗に並び、整った眉と黒侘助色《くろわびすけいろ》のような紅《べに》で彩られた唇が印象的だった。

告別式用に飾られた遺影は、まるで芍薬が化身となった麗人のようだった。私が〝美人〟という概念を知ったのは菊江さんがきっかけだったと思う。

菊江さんが茶毘に付されるまでの一連の過程を、私は母と共に見送った。当時五歳だった私は、目の当たりにした「人の死」というものがあまりにも強烈で、姿形のあった菊江さんが灰と化していった光景は今日に至っても残像となって私の心にある。

喪主だった祖父は人前では冷静に振る舞っていたが、納骨を済ませたとのちに聞いたその日、形見となった指輪をケースに収め、懐に抱いて一夜を過ごした。

翌朝、洗面所で会った祖父は瞼を赤く腫らしていた。

「お祖父《じい》ちゃん、おはよう」

「おはよう」

「お墓に入った菊江さんは天女になったんでしょ」

「ああ、永遠に変わらない天女だ」

「お祖父ちゃん、今日ね、朝起きて窓を開けたら、白い着物姿のお雛さまがいくつも落ちてたの。不思議に思って近づくと、白い木蓮の花だった」

「菊江が亡くなって白木蓮の花も共に命を閉じたんだろう」

「そっか、だから木蓮の枝には一つも花が残っていなかったんだ」

「来年になれば、また白い花が咲くさ」

「お祖父ちゃん、菊江さんとお別れする時、どんなお話ししたの」

「麗子《れいこ》には少し難しいと思うが、聞きたいんだね？」

私はコクリと頷いた。五歳の孫娘に理解できるはずのない大人の世界を、祖父は遠くを見つめるように語ってくれた。

「息を引き取る前に手を握った時、菊江はこう言ったんだ。

『善治《よしはる》さん、私は貴方に出逢えて幸せでした。十分すぎるくらい大切にして頂き、私が私生児ということも承知で江原《えはら》菊江として入籍を許諾して下さったこと、心から嬉しく思っています。私の父はオーストラリア国の駐日外交官だったようです。名前は鷺宮賢一《さぎみやけんいち》と母から聞かされていました。母は貿易会社で英語の通訳をしていた頭脳明晰な女性でした。私が十八の時に急性心不全で突然亡くなりました。独りぼっちになった私が、名前しか知らない父を捜そうと辿り着いたのが東京です。八方手を尽くして調べましたが、結局行方は分からず終いでした。この街で生きようと覚悟を決めて足を止めたのが、高輪にあった割烹料理店だったんです。奥様が私を雇って下さったのに不義理をしました。善治さんを一目見た時からなぜか父の姿と重なり、胸が締め付けられるほど愛しくなってしまったんです。お部屋に呼ばれ、初めて温かく抱かれた時からお慕い続けておりました。信じてもらえないと思いますが、善治さんは私にとって最初で、そして最後に愛した男性です。初恋の人と結ばれ、こうして終われることが生涯の宝物です。ありがとうございました。どうか私を看取った後は、若くて美しい方を迎えて幸せになって下さい』

亡くなった菊江は私にとって最後に愛した女性なんだ。後妻を娶るつもりは微塵もない。麗子が大人になった時に理解できると思うよ」

「お祖父ちゃん、菊江さんは幸せだったんだね。良かった」

それ以来、私は白木蓮を見る度に祖母のきくゑと同じ名前の菊江さんを思い出していた。

菊江さんは、祖父の愛人から後妻になった女性だ。祖父と祖母は母がまだ少女だった頃に離婚している。原因は、菊江さんの存在だと私は思い込んでいた。

ところが私が中学校へ入学したのを境に、母は離婚した祖父母のことを少しずつ話してくれるようになった。事の真相とともに、私は祖父母の生涯に深く触れていくことになる。

＊

江原善治は戦前まで東京の高輪で割烹料理店を営み、同時に親から相続した不動産業も手掛けていた。

東京の割烹料理店は善治と妻のきくゑの二人で営んでいた。二人は後継者を願い二度ほど男の子を儲けたが、三歳を迎える前にどちらも病死している。順調に成人したのは二人の女の子。七歳違いの姉妹だった。やがて善治は血統を繋ぐため、公務員をしていた従兄妹の信夫《のぶお》さんを長女である景子《けいこ》の婿養子に迎えるよう取り計らった。きくゑは真っ向から反対したが、意に反し景子は信夫さんとの結婚を承諾した。当時は家長である父親に従うことが美徳とされたのだ。しかし、この頃から次第に夫婦の関係は乖離し始めていく。

厨房にはいつも夫婦が一緒に入って仕込みをする。献立は二人で考え、お品書きは善治が書く。毎日異なる料理を提供するのが二人の拘りだった。材料の仕入れから鮮度の吟味まで二人で一緒にした。外からは仲睦まじい夫婦に見えたはずだ。

接客商売が好きなきくゑと料理好きな善治が営む割烹料理店は繁盛した。雇い人を増やし料亭の内装を全部改装したことが功を奏した。そんな渦中に、黒いベロアのワンピースを着た一人の高貴な若い女性が訪ねてきた。菊江さんだ。裏玄関で迎えたのは善治だった。自分の娘と変わらない年頃で、身に着けているものや凛とした立ち居振る舞いから仲居をするには不向きと思えた。丁重に断ろうとしたところへきくゑがやって来た。中へ通し、彼女の身の上話を聞き、住み込みで働いてもらうことになった。菊江さんを仲居として雇ったのは、同じ名前のきくゑだった。その後、美しい女将と仲居がいる料亭として評判を呼び、予約が半年先まで入る店に繁盛していった。善治は集客をさらに増やすため奥座敷を増改築することにし、その一切をきくゑに任せた。

予算を組み見積もりをいくつかの業者に打診した。その時出逢ったのが工務店をしていた杉山周作《すぎやましゅうさく》という建築士だった。すでに見取り図を完成させ、内装のパターンを数枚用意してきた。きくゑは一目見て気に入り、翌日から増改築工事が始まった。きくゑは何度となく杉山周作と打ち合わせを重ね、話をし、作業の合間に食事やお茶を出していた。

「女将さんも料理人なんですね。毎日私達の昼食を自ら作ってくれていると仲居頭の菊江さんから伺いました」

「ええ、そうです。口から入る物は命と心を育むものでしょ。もてなす気持ちが届くように大工さん達にも同様に心を尽くして作っています」

「不思議なものですね。お腹が満たされると普段なら苛立つことが穏やかな気持ちで進むんです」

「あら、きっとそれは偶然よ。私の料理を食べたからではなくってよ。棟梁は人を喜ばせるのがお上手ね」

「女将さん、買い被らないで下さい。私は昔からお世辞が言えない性分なんですから」

何気ない日々の会話から、夫の善治との間では感じ取れなかったものが心の襞に浸透していった。どんどん機《はた》が絹糸を織りなすように全く別な世界がきくゑの中に生まれていた。そして、ここだけは穢されたくないという聖域を形成し、いつしか真っ白な繭になった――。

奥座敷が完成した日、きくゑは大工衆を労うために大広間へお膳を設けた。杉山に音頭を取ってもらい、とっておきの日本酒を振るまった。律儀な杉山は、酒酔いする前に退席するよう予め皆に指示をしていた。

「女将さん、私達はこれで失礼します。ここはお客様を迎える大事な大広間です。汚してしまったら何の意味もありません。毎日、心尽くしの手料理ありがとうございました」

きくゑの心をさらりと通り過ぎる杉山の挨拶に戸惑った。帰り際に工務店の名前の入った手拭いを手渡された。一陣の風が吹き去るように大工衆は帰ってしまった。きくゑは、大切に守ってきたものを喪失した想いが全身を駆け巡り、大広間をぼんやり眺めていた。何気なく俯くと、もらった手拭いからはみ出している白い封筒を見つけた。呼吸を整えて丁寧に開封した。そこには、便箋が三つ折りになって入っていた。毛筆で綴られた達筆な美しい文字がきくゑの心を震わせた。

江原きくゑ様へ

この日が最後だから私の正直な気持ちを伝えさせて下さい。
見積もりの打ち合わせをした日より貴女に対して特別な感情が芽生え、この三か月間は夢のように幸せな日々でした。私は大学在学中に両親を不慮の事故で亡くしています。二人揃って信号待ちしていたところ、暴走してきた車に撥ね飛ばされ、両親は即死しました。それから天涯孤独の独り身です。生前に父が生命保険をかけていたお蔭で無事に大学を卒業することができました。交通事故の際に仲裁に入ってくれた弁護士先生が、顧問をしている建築会社を紹介してくれました。いろいろな仕事をこなす中で人脈にも恵まれ、五年前に独立しました。

実はこの度、両親の生まれ故郷へ帰り東京から工務店を移転することになりました。

来年の春には東京を離れます。

貴女に巡り合えて心から良かったと思っています。こんなにも女性を愛しく想ったのは初めてです。許されぬ恋心に苦しみました。もっと早く出逢えていたならと眠れない夜を過ごしたことは事実です。一方的な私の気持ちばかりでご迷惑でしょう。

これを読んだら破り捨てて燃やして下さい。

只、貴女のことを遠くから愛しく思い続けることだけは許して下さい。

昭和十三年九月吉日　杉山周作

きくゑは次の日から、料亭の休憩時間になると手空きの時を見計らって、杉山がいる工務店へ手弁当を持って通うようになった。暦を捲るにつれ心の箍《たが》が外れるのは時間の問題だった。

節分が終わり、木瓜《ぼけ》の花が咲き出した頃、きくゑは深夜を待ってこっそりとどこかへ出掛けた。そして音のない霧雨が肌に纏《まと》わりつくような深夜零時に裏玄関から帰ってきた。次の日も、その次の日も、正面にある柱時計が十二回鳴る音に紛れて帰ってきて、以降、誰にも気づかれない内に部屋へ入るのが常になった。微かな音に気づいた次女の蓉子《ようこ》が様子を窺いに自室を出た時、きくゑが部屋の襖を開ける姿を目にしている。芳しい薔薇の香りが漂い階上へと昇る。きくゑは背後を気にしながら襖をそうっと閉めた。蓉子にはその姿が、日本画家が描く美人画のように見えた。

忍ぶ恋は夜を重ねる毎にきくゑを一層美しくさせた。善治ときくゑは寝室を別にしている。いつ頃からそうなったのかは曖昧なままだ。気づくと善治の寝室には菊江さんが同室していた。きくゑがそれを咎める気配は全くない。何も知らない素振りをして何事もなく日常生活を過ごしていたらしい。恐らくきくゑの心は杉山への一途な想いで一杯だったのだろう。

星空が綺麗な新月の夜が明けたある朝、きくゑは突然家人へ書き置きをして家を出てしまった。書き置きには離婚届が同封されていた。一番驚いたのは、善治や娘達ではなく菊江さんだった。

江原善治様へ

私は、娘達を置いてこの家を出ます。工務店の棟梁である杉山周作さんと一緒に生きてまいります。千年万年恨んで頂いて構いません。離婚届を同封しました。役場へ提出願います。そうすれば貴方は菊江さんといつでも再婚できます。それが最良の方法だと思いました。私の我儘をお許し下さい。尚、料亭は若女将として、菊江さんに任せてあげて下さい。

愛しい景子と蓉子へ

ごめんなさい。私は母親失格です。一生、この罪を背負って生きていきます。この街には二度と戻りません。さようなら。

きくゑより

善治が書き置きを読み終えた時、泣き崩れたのは菊江さんだった。善治はしばらくきくゑの狂言ではないかと疑った。紛れもなく離婚届は捺印され、筆跡はきくゑに間違いなかった。この時、次女の蓉子は察していた。家を出る前夜にきくゑは蓉子を居間に呼び、風呂敷包みを手渡した。明日の朝まで開けないように固く約束させられた。きくゑが出ていった後に風呂敷を解くと、帯締めと名古屋帯だった。帯の間に手紙が挟んであった。移転先の住所と電話番号が書かれ、「何かあったら連絡を頂戴ね」と一言だけ毛筆で記されていた。母親に捨てられた事実より、取り残された底知れない寂しさに堪え切れず蓉子は嗚咽したという。

昭和十五年を迎えると戦争の気配を察し土地や財産を売って北秋田へ一家で移転した。土地を購入し、田畑を耕し鶏や山羊を飼い、生け簀《いす》で鯉を育て、自給自足できる準備が整うと、その地で再び料亭を始めた。

その後、善治が見込んでいた通り日本は太平洋戦争へ突入し、昭和二十年八月十五日に終戦を迎えた。北秋田へ移転していたお蔭で娘の二人は食糧難や空襲を何とか乗り切ることができた。

終戦から二年後に女学校を卒業した蓉子は上京を決意した。善治が珍しくそれを許したのだ。なぜなら、東京には時計と貴金属店を営む弟の江原元治《もとはる》がいたからだ。蓉子は叔父である元治宅へ間借りし、服飾の専門学校へ通うことになった。内職をして、ブラウスやスカート、ワンピースをアレンジして縫ったり、大きすぎるサイズの洋服のリフォームも引き受けた。ひたすらコツコツ貯めたお金で、蓉子は母のきくゑに逢いに行ったのである。もちろん父には内緒だった。但し、叔父には正直に話して密かに協力を得ていた。

きくゑは東北の花輪線沿線にある街へ周作さんと一緒に転居していた。東京にいた時分から株式に精通していたきくゑは、利益を運用してそこに旅館「高松旅館」を建てた。単なる駆け落ちなどではない。旅館の女将として采配を振るう自立心旺盛な明治生まれの女性だった。そんなきくゑを追い、僅か二行に書かれた毛筆の住所を頼りに蓉子は高松旅館を訪ねていた。

懸命に学び働く蓉子を支えてくれたのは叔父の江原元治だった。元治は終戦後、時計や貴金属を扱う店を営んでいた。無垢な乙女から大人の女性へ可憐に成長する蓉子の姿を見て縁談をよく持ち掛けてくれた。

「蓉子ちゃん、いい縁談があるんだけどお見合いしてみない？」

「元治叔父さん、洋裁学校を卒業してからでいいでしょうか」

「ああ、いいよ。その前にお見合い写真を撮ったらいいね」

「じゃあ、今度実家に帰った時に写真館で撮影します」

数日後、江原蓉子宛てに、杉山きくゑから荷物が届いた。着物一式を蓉子にプレゼントしてきたのだ。二十歳のお祝いにと添え書きがしてあった。突然すぎる出来事に戸惑いながら、母のやさしさを感じた蓉子だった。

「お母さん、ありがとう」

居ても立ってもいられず叔父に電話を借りて、お礼と感謝の言葉を伝えた。電話口で涙が止まらなくなり、受話器を置いた後もしゃがみ込んで涙が引くのを静かに待った。

そして次の日曜日、蓉子は一人で着物を着付けると叔父が紹介してくれた写真館へ行った。蓉子は手先が器用で、何でも見ているだけで習得してしまう才能があった。幼い頃から見てきた母の、一人で髪を結い、化粧をし、着物を着る光景を思い出しながら着付けをし、着物と一緒に贈られた化粧品を使い、初めて白粉をつけ紅をさし、髪を結った。別人に変わった蓉子を見た叔父は絶句した。

「えっ、蓉子ちゃん。見違えるほど美人さんになったね」

「初めてお化粧したからよ、元治叔父さん」

「やっぱり、きくゑさんに似て芍薬の花みたいに綺麗だ」

「元治叔父さん、それ褒めすぎです。それじゃあ行ってきます」

二十歳の記念写真は、その後写真館のショーウィンドウにしばらく飾られていた。固く閉じていた青緑の蕾が馥郁として花開き、綺麗に成人した江原蓉子は眩しいくらいの華やかさを放っていた。記念写真を三枚作り、一枚はお見合い用に、一枚は保存用に、あとの一枚は母へ送った。喜んだ母は礼状として白神山地の絵葉書を寄越した。手紙ではなく絵葉書だったことに蓉子は感嘆し、文箱へ仕舞い、ずっと大切に保管していた。

服飾の専門学校を卒業した蓉子は叔父の紹介で洋装店へ勤めることになった。洋裁が大好きで、学生の頃から自分が着る洋服は全部デザインして縫製した。きっかけは、上京する時に父が卒業祝いにとミシンを贈ってくれたことだ。何より父の心遣いが嬉しかった。

蓉子は誰かに洋服のリフォームを依頼されると、要望に応じて自在に縫った。ワンピースやスーツを器用に仕立てる才に恵まれていた。洋服の縫製は蓉子の天職とも言える。人伝てに評判を呼び、いつの間にか顧客がついた。自分が必要とされる仕事に出合い、縁談があっても踏み切れず、蓉子は二十五歳まで独身生活を謳歌していた。

心配した叔父は一計を案じ、五月晴れの第一日曜日に銀座のレストランへランチに誘った。会わせたい青年がいるからと、お見合いを仄めかす口調だった。銀座のレストランに惹かれて蓉子は叔父に同伴することにした。

「初めまして鷺宮栄治《えいじ》です」

「初めまして江原蓉子です」

挨拶を交わした瞬間から栄治とは馬が合い、会話が弾んだ。昔から知っていた間柄ではないのに、気負うことなく心を開いて語り合えた。蓉子がひと目惚れし、栄治も蓉子に恋心を抱いた。二人ははじめから相思相愛だった。

銀行員をしている栄治は人と会話をするのが何より好きな性分。蓉子は温和で普段はもの静かだ。但し、接する人により明朗快活にもなる。栄治と一緒にいる時はよく笑いよく話す。二人だけで過ごす時間を一番大切にしていた。銀座でお見合いをしてから交際が始まり、トントン拍子で結婚に至った。

その後も栄治は早朝から夜遅くまで働きづめで、多忙な毎日を送っていた。長男の直樹《なおき》が誕生するまで、二人は東京の蒲田でアパート暮らしをしていた。孫が男子と知った善治は大いに喜び、早々に、昔購入していた横浜の土地を鷺宮栄治の名義に変更して提供すると申し出た。栄治は家族が増える新しい門出に、義父の厚意を承諾して家を新築することにした。しかし、律儀な栄治は土地相場を査定して善治へ土地代を支払った。人の厚意に安易に甘んずることができない生真面目なところがあった。そんな栄治を称賛したのは意外にもきくゑだった。新築祝いの日、夫の周作を伴い、桜の苗木を植樹するため二人で訪ねてきた。庭に植樹を済ませると孫の顔を一目見て、お茶を一口だけ飲み、風が吹き去るようにすぐに帰ってしまった。

直樹が誕生した四年後に長女の麗子《れいこ》が生まれた。桜の苗木も大人の背丈に成長し、枝ごとに花が咲いて春を演出するようになった。確か麗子が七歳だった頃、きくゑが一人で訪ねてきたことがある。比内鶏の鶏飯弁当をお土産にと、二人の孫に持ってきた。

きくゑは挨拶を済ませると、栄治に向かっていきなりお願いごとをしてきた。

「栄治さん、桃の節句に向けて麗子ちゃんと蓉子を私の買い物にお供させていいかしら」

「はい、構いませんが……」

「ありがとう。直樹君、お父さんと留守番していてね。夕方までには戻りますから」

すでに家の前には乗用車が待機していた。蓉子と麗子はきくゑに誘導されるまま車に乗り込んだ。運転していたのはきくゑと仕事で懇意な人物だったらしい。卸問屋を営む五十代くらいの、長身で華奢な男性だった。運転している間じゅう伝統的な人形の由来を、話すというより解説しているように話していた。やがて車は浅草橋の五階建てのビルの前で停車した。運転してきた男性は、自ら経営している店だと言って案内してくれた。招待された三人は雛人形が陳列されている店内を五階から順番に降りて見ていった。

各フロアの展示品はどれも職人技の素晴らしい雅な雛人形だった。数え切れない展示品から、ガラスケースに入った三段飾りの雛人形をきくゑは購入してくれた。かなり高価なものだ。蓉子は、もっと手頃な小さな雛人形にして下さいと何遍も断っていたが、きくゑは頑として受け付けず、会計を済ませてしまった。雛人形を梱包して自宅へ届けるようきくゑが店員へ依頼し、買い物を終えた後は、栄治と直樹を上野に呼んで、きくゑが行きつけのレストランで夕食を共にした。それが済むときくゑは寝台特急列車で早々に帰ってしまった。

翌日の午後、きくゑが購入してくれた雛人形が鷺宮家に届いた。庭に面した客間に飾った。三段飾りになった雛段の上段にお内裏様とお雛様が二人微笑むように並ぶ。人形を創作した人の魂が宿っているようだった。

深夜になると動き出し、お雛様が扇子を広げて舞っているのではないかと、麗子は十歳くらいになるまで信じていた。雛人形を飾っている間、鷺宮家は客間の障子を閉めずに開放していた。麗子はよく、消灯した客間へ深夜にそっと立ち寄り、暗がりの中に目を泳がせ、雛人形の輪郭や色彩豊かな着物から放つ微光がガラスケース越しに次第に見えてくるまで待っていた。その時の、廊下伝いにほんのりと月明かりから漏れる光が儚くて切なかった。幽玄な世界を醸し出す時間は束の間だ。誰もいない廊下に一人で佇んでいることを忘れてしまうほどだった。

*

祖母は年に数回、日本橋にある老舗の百貨店で着物を新調していた。その時に必ず横浜にある鷺宮家へ立ち寄った。祖母は旅館の女将として常に最先端の着物を着ていたいお洒落な女性だった。私は和服姿の祖母しか知らない。只、一度だけ、母が縫製した夏のミディ丈半袖ワンピースを着たことがある。白地に真っ赤なハイビスカスのプリント柄だったと思う。顔以外に肌を晒した祖母の姿を見たことがなかったが、白《はく》皙《せき》の肌がワンピースの袖や襟から裾から艶やかに覗き、はっとするほど綺麗だった。今さらながら、ワンピース姿の写真が残っていたらと悔やまれてならない。祖母に会う度、私の中に畏敬の念が生まれていった。人懐っこく「お祖母ちゃん」と近づけない存在だったが、一線を画して私は慕っていた。優しく抱かれたり手を繋いだりしたことは一度もない。恐らく子供心に祖父への遠慮があったのかも知れない。

私は祖父からも愛情を注がれて育った。幼い頃、母の実家へ家族で帰省すると菊江さんが出迎え、日本家屋独特の秋田杉が香る居間に案内してくれた。家族が春慶塗りのテーブルを囲むと、祖父は膝の上に私を抱いて歓迎するのが恒例だった。振る舞ってくれた長崎カステラとミルクティーを頂きながら、近況伺いの言葉を互いに交わした。私は膝の上で祖父と一緒にしっとりした甘いカステラを食べた。菊江さんの故郷は長崎。いつも事前に贔屓の店から取り寄せてくれていた。私はその光景を朧げに覚えている。

祖母は杉山周作さんと再婚してから長男を出産した。雅夫《まさお》と名付けて二人で大切に愛情を注いで育てた。健やかに成長した彼は何の因果か大学進学と共に東京へ出ることを希望した。私が知る雅夫叔父さんは聡明で、且つ大胆で腹が据わっているところがあった。多少の困難や障害があっても潔く背負っていく逞しさを持っていた。

雅夫叔父さんは、大学時代の四年間を私たちが住む鷺宮家に下宿して、共に暮らした。発端は、大学受験の折に鷺宮家を宿にして欲しいと、母が祖母に申し出たからだ。それは母が上京した時に叔父の江原元治家に下宿し、多感な青春時代を豊かに過ごせた経験がきっかけになっている。父親違いの弟を、母ばかりでなく父も共に喜んで迎えた。何より驚きなのは、離婚した祖父がそれを公認したことだった。あれだけ嫡男を願っていた祖父はむしろ喜んでいたのだ。

今日から鷺宮家へ下宿をするという日、祖母が一緒に挨拶を兼ねて訪ねてきた。それを知った祖父が、我が家に電話をかけてきた。離婚以来だったが、二人は何の躊躇もなく話し始めた。

「きくゑ、貴女は、江原家を出てから解放されたんだね。雅夫君はこちらへ自由に遊びに来ても一向に構わないよ」

「ありがとうございます。私とは違って品行方正な息子です。だからご安心下さい。ふしだらな過去を持つ母親と知っても、私を寛恕してくれたんです」

「貴女の一途な育て方が実を結んだんだろう。今は幸せなんだね」

「はい、お陰様で幸せです」

「良かったね、それじゃあ、さようなら」

「善治さん、どうかお元気で、さようなら」

傍でやり取りを聞いていた母は、胸が一杯になった。二人はまだ心のどこかで、憎しみを越え、相手を思いやり愛していたのではないか。そんな雰囲気が二人の間で柔らかく流れていた。これが離婚した祖父母が会話をした最後だった。

母がなぜ、自分を捨てたはずの実母を恨まず慕うのか、何度も逢いに行ったのか。

重い口を開いて私に語ってくれる度に、私の中では疑問が大きく膨らんでいたが、恐らく祖母の立場を知ることで、次第に母自身が変わっていったのではないかと思う。傷ついた孤独な心を抱え、憎悪の言葉を胸の奥へ仕舞い込んで蓋をしていたのだ。それ以上に祖母は魅力的で自由な生き方をしていた。逢う度に女性として成熟する祖母を、母は心の支えにしていた気がしてならない。

雅夫叔父さんが我が家に来て、家族に加わり生活を共にするようになったのには、実は特別な理由があった。「自分は何者なのか」という家系のルーツを密かに調査するためだった。私には知る由もなかった人たちが存在した証しを探し、点と点を結び、見えない先にある空白を埋めていく。それは、まるで難解なパズルを解いていくような感覚。人と人との繋がりから生まれる営みが一枚の真っ白な紙に姿を現していくのだ。ごく普通の人達が生きた過去が現在へ至る道筋が堪らなくミステリアスに思えた。雅夫叔父さんのルーツ探しという調査は四年間を費やしてほぼ終了することになるのだが、私はその一部始終を見守っていた。

雅夫叔父さんが下宿するようになってからも変わりなく、祖母は着物を新調する度に鷺宮家へ訪れた。息子の顔を見て一言二言話すと安心したように寝台特急列車で早々に帰っていった。何度、父や母が泊まっていくように勧めても、祖母は頑なに断った。自分の息子が、捨てた娘の家で共に暮らすことになるなんて、想像だにしなかっただろう。運命は時に皮肉でもある。

晩秋を迎えた頃に、雅夫叔父さんが一度だけ祖母を東京タワーへ案内したことがあった。同伴者は私と母の二人。なぜ女性だけ連れ出したのか、未だにその理由は分からない。アルバイトをしたお金で三人をもてなしてくれた。東京タワー内を各階毎に見学し、展望台へ昇り、暮れゆく東京の街を眺めた。次第に辺りがイルミネーションで装飾されると、三人をモデルに夜景を背にして立たせ、数枚の写真を撮ってくれた。

「華麗なる女性三代がこれで完成」

雅夫叔父さんは満足気に微笑んで右手の親指を立てた。

「マー君、今夜はありがとう。でも、どうして女性だけなのかしら」

「母さんを筆頭に女性三代を一緒に撮影してみたかったんだ。只、それだけ」

この時に見た雅夫叔父さんは、どこか由緒ある城の主になったかのような顔をしていた。

「それでは麗しい女性の皆様方、これよりディナーへ参りましょう」

不思議な夜だった。この日に限り祖母は上野にある知り合いの旅館へ一人で宿泊し、翌朝、特急列車を乗り継いで帰った。


それから半年後の日曜日、雅夫叔父さんはボブヘアで丸顔の可愛らしい女性を家に連れてきた。玄関で迎えた母にとっては青天の霹靂だった。大学の二年後輩で礼儀正しい明朗快活な女子大生。彼女が卒業したら結婚したい旨を伝えてきた。

「雅夫さん、徳子《のりこ》さんをお嫁さんにしたいことはお母さんに報告しているのよね」

「親父には真っ先に報告してる。でも、母さんにはまだ報告していないんだ。これから話すつもりです。多分、反対はしないと思うけど……蓉子姉さん、助言してくれませんか、お願いします」

「やっぱり、そうだったのね。一つだけ条件があります」

「何ですか、蓉子姉さん？」

「お母さんが来た時、徳子さんにおにぎりと出汁巻玉子、白蕪と胡瓜の即席漬けを作ってもらいたいの。作り方は私が伝授します。それでどうかしら？」

「それだけでいいのなら大丈夫です」

「じゃあ、ひと肌脱ごうかな」

「蓉子姉さん、難攻不落の母さんを宜しくお願いします」

果たして母の仲介役はどうなるのか、妙に自信に満ちていた理由を、私は後になって知ることになる。

その日、いつものように祖母が着物を新調するために鷺宮家を訪れた。アドバイザー役の母が一緒に見立てる。この頃は外商部が新作を十数枚持参した着物を家で選ぶようになっていた。着物が仕立て上がった時も我が家で受け取った。事が済んだ頃合いを見計り、雅夫叔父さんが徳子さんを伴って帰ってきた。母が二人を祖母に紹介する。

「初めまして、雅夫さんと同じ大学の後輩で三橋《みつはし》徳子と申します」

「貴女は新入生なの？」

「いいえ、大学二年生です」

「東京生まれ？」

「はい、神田です」

「まあ、江戸っ子ね。私は浅草生まれよ」

「雅夫さんから伺ってました。同じ東京ですね。光栄です」

「専攻は？」

「国文学です。将来は高校か中学の国語教員を目指しています」

「ところで、マー君のどこが魅力だと思う」

「自分のビジョンを持っていてブレないところです」

「スラスラと対応できる聡明な方なのね。雅夫のこと褒めてくれてありがとう」

「あの、僭越ながら、お帰りの列車の中で召し上がって頂きたくてお弁当を作ってまいりました」

「まあ、どうしましょ」

「おにぎりと、白蕪と胡瓜の浅漬けに出汁巻玉子です」

「それなら、頂いて帰るわ」

「嬉しいです。どうかご賞味下さい」

祖母の後ろで母は雅夫叔父さんへアイコンタクトしていた。

「お母さん、きっと懐かしい味がすると思うわ」

「そうね、いつも周作さんへ作っていたものだから」

雅夫叔父さんと徳子さんは顔を見合わせて驚いていた。

「もし、不味かったら電話しません。つまり、電話が来たら認めたと思って結構よ」

「お母さん、私達皆で電話待ってます」

「相変わらず蓉子は楽天的ね」

そんな会話を交わして祖母は寝台特急列車で帰っていった。

翌朝、鷺宮家の電話が鳴った。

「懐かしい味だったわ。ご馳走様でした。三橋徳子さん、大事にするのよ」

雅夫叔父さんと私達が暮らした四年の歳月は、ビデオの早送りをするが如く瞬く間に過ぎていった。三月に大学を卒業すると、就職先の東京へ通勤するため、アパートを借りて自炊生活をすることになった。三月末、横浜の鷺宮家から東京港区へ雅夫叔父さんは引っ越した。もちろん、徳子さんがほとんど毎日お弁当を届け、週末は徳子さんの実家に泊まるようになった。雅夫叔父さんがいた四年間は、私にとっても貴重な時間・体験として心に刻まれている。


社会人として雅夫叔父さんが高度経済成長期の社会で軌道に乗り始めた頃、祖母が軽い脳梗塞で突然倒れた。夫の杉山周作さんから母に緊急の連絡が入った。いつも祖母が利用していた寝台特急列車に乗り、入院している病院へ駆けつけた。果たしてどんな状況なのか不安は尽きない。祈る気持ちで母は病室の扉を静かに開けた。祖母はベッドで意識不明の昏睡状態だった。傍には養女の泉美《いずみ》さんが付き添っていた。

「蓉子姉さん、遠くからありがとうございます」

「母はどんな状態ですか？」

「まだ意識が戻ってなくて……」

「泉美さん、母はどこで倒れたのでしょう」

「脱衣場です。お風呂場の掃除をしていた時でした」

「母はかなり無理をしていたんでしょうね」

「お母さんは何事も完璧主義で、十分な睡眠も取らず疲労が重なってました。何でも一人でやってしまうんです。私が手伝おうとすると遮って、貴女は自分の勉強に専念しなさいと叱られました」

「母は旅館を一代限りにしようと考えているのね？」

「多分、そうだと思います。雅夫兄さんは、こっちへ戻る気持ちはないと断言したんです。私一人で旅館の経営は無理です。女将としての素質がありません」

「雅夫さん、いつ頃病院へ到着するか連絡入ってますか？」

「明日になると連絡が来ました」

祖母の意識が戻った時に言葉を発することができるのか、手足を自由に動かせるのか、時の審判を待つしかない。母は覚悟を決めて一睡もせず病室で夜を明かした。


付き添っていた養女の泉美さんは、練炭による一酸化炭素中毒で一家心中した事件の唯一の生存者だった。泉美さん一家が住んでいた借家は周作さんが建てた家だった。孤児になった当時二歳の泉美さんを周作さんは気の毒に思い、祖母と話し合った末、養女に迎えた。二人の娘を捨てて駆け落ちした後悔が祖母にはある。その懺悔の意味も込めて、長男の雅夫と分け隔てなく愛情を注いで大切に育てた。

泉美さんは明るく大らかで素直な女性だ。しかし、血縁ではない遠慮がいつもどこかにあった。母はそんな泉美さんを妹としてとても可愛がった。誕生日やクリスマスにはプレゼントを欠かさなかった。

確か泉美さんが二十歳を迎えた春だった。母は、得意の洋裁で泉美さんのために洋服をデザインし、予めサイズ合わせをしておいたメモを見ながら生地を裁断した。夜遅くまでラジオを聞きながらミシンを踏み、仕上がるとアイロン掛けをしてハンガーに吊るす。そうすると母は必ず私に感想を聞いた。

「ねえ、麗子ちゃん、このワンピース、泉美さんに似合うかしら？」

「色白な泉美お姉ちゃんなら似合うと思う」

「そう、良かった」

「このワンピースは直接持って行くわ。皆で一緒に行かない？」

「お父さんやお兄ちゃんも一緒に行くの？」

「そう、皆で行きましょうよ」

ほとんど思いつきの母の提案で、ある時家族揃って祖母の旅館を訪ねることになった。後にも先にも家族四人揃って行ったのはその一度きりだった。

私達が訪ねると、祖母は大歓迎してくれた。いつもとは違う特別な客室に案内された。

「ついこの間までこのお部屋、小説を書く先生が滞在していたのよ。煙草を吸わないのがこの部屋を使用する条件。だから臭いもなく綺麗で清潔でしょ？」

「お母さん、私達はここに宿泊せず他へ行きますから」

「何を水臭いこと言ってるのよ。今日くらいは私の懐に委ねなさい」

泉美さんへワンピースをプレゼントするだけのつもりが、家族旅行に化けてしまった。父と兄は旅館の周囲を散策に出掛け、母と私は泉美さんの部屋を訪ねた。一番景色がいい屋根裏部屋だ。中庭と玄関先の庭が眺められる。雪が降る夜は、耳を澄ませると屋根に積もる静謐な気配に包まれる。

「泉美さん、お誕生日おめでとう。気に入ってもらえるか分からないけど私からのプレゼント」

「ありがとうございます。開けて中を見ていいですか」

「どうぞ」

泉美さんは受け取った箱の包装をはずし、蓋を開けた瞬間、瞳がぱっと輝いた。

「わあ、素敵」

ワンピースを体に当て鏡台の前に立った。

「泉美さん、実際に着てみたらどうかしら」

「はい」

童心に返ったように、泉美さんは躊躇うことなく私達の前で堂々と着替えた。

「あら、よく似合うわよ、泉美さん」

「そうですか？　嬉しいです。こんなドレスみたいなワンピース欲しかったんです」

バレリーナのようにくるりと舞ってお辞儀した。

「お父さんとお母さんに報告しますね」

「泉美さん、スナップ写真でいいからワンピースを着た時に写真を撮って送ってくれない？」

「はい、お父さんに頼んでみます」

「お願いね、楽しみに待ってますから」

「はい、必ず写真を撮って送ります。ねえ、麗子ちゃん、これから犬の散歩に付き合ってくれない」

「嬉しい、あの真っ白な秋田犬でしょ」

「じゃあ、行こう。蓉子姉さん、麗子ちゃん、お借りします」

私は泉美さんと二人で、杉山家が飼っている秋田犬のシロを連れて散歩に出た。利口なシロはいつものコースを自ら誘導し、ゲストの私を道案内してくれた。

「麗子ちゃん、将来の夢は何？」

「獣医かな」

「へえ〜、意外だった。動物のお医者さんか」

「でも、まだ分からない。心ってコロコロ変わるから」

「麗子ちゃんは冷静なんだね。お母さんに似てる」

「ええ〜、きくゑお祖母ちゃんに似てるなんて、もうそれは畏れ多いです」

私は右の掌を顔の前で激しく振って否定した。

「将来、この旅館で女将をする気持ちってない？」

「ごめんなさい。一度も考えたことない。接客業なんて私には無理」

「そうか、そうだよね」

俯き加減に泉美さんは歩いた。

「もしも、お母さんが倒れたら、この旅館は閉館にするしかないか……」

呟く声が夕暮れと共に悲哀に満ちていた。

裏玄関まで戻ると祖母が待っていた。今夜は皆で夕食を囲むことになった。

すでに準備はできていた。広間の食卓に一人ずつのお膳が置かれ、周作さんと父が上座に二人並んでいた。

「今夜は、お客様の予約を入れてません。横浜から来てくれた鷺宮家の皆さんを迎えて私の手料理を堪能してもらうためです。どうぞ遠慮なくお召し上がり下さい」

父が乾杯の音頭をとって晩餐が始まった。ご飯は竈《かまど》で炊き、焼き魚は囲炉裏端で串に刺して炭火焼きにする。漬物は胡瓜と白蕪を塩麹で即席漬け。刺身は今朝釣れた旬の魚をおろす。青菜のお浸しに揚げ出し豆腐、茶碗蒸しが付いていた。味噌汁は日高昆布と削り鰹節で出汁をとり、合わせ味噌を使い具は短冊に切った大根と三陸わかめ。大人はビール、兄と私はリボンを付けた女の子のイラストがラベルに描かれているオレンジジュースで乾杯した。

「麗子ちゃん、私の味をよーく憶えておいてね。いつかあなたが大人になった時、どれか一つでもいいから作ってほしいの」

「はい。日記に描いてメモしておきます」

私は幼い頃から日記を欠かすことなくつけていた。その日食べた料理の絵を一品ずつ描いて色を塗り、どんな味だったか細やかに記した。

昏睡状態だった祖母に意識が戻った。それはちょうど、東京から飛んで帰ってきた雅夫叔父さんが病室へ入ってきた時だった。

「母さん、分かりますか。雅夫です」

「ああ、お帰りなさい。マー君どうして帰ってきたの？」

「何言ってるんですか、脳梗塞で倒れたと親父から連絡があって駆けつけたのに」

「あら、大変だわ。早く旅館へ戻らないと」

「お母さん、まだ動いては駄目です」

「泉美ちゃん、何言ってるのよ。私は元気よ。あら、蓉子も来てくれたのね。何やら大袈裟すぎない？」

祖母は意識がまだ朦朧としていた。

「蓉子姉さん、ナースステーションへ知らせに行って下さい」

母は、慌てて病室を出ていった。

意識が回復したことを聞いて、看護婦と担当医師が病室へ駆けつけた。後に続くように遠慮がちに母が戻ると、祖母は意外な言葉を投じた。

「蓉子まで横浜から来ることはないのよ。私は貴女を捨てた人間よ。悪いけど、もう帰って頂戴。直樹君や麗子ちゃんをほったらかしにしては駄目。私みたいな真似されたら困るもの。ここは杉山家の人間で十分よ。今すぐ横浜へ帰りなさい」

母は疎外感で一杯になった。零れそうになる涙を必死で堪えて一礼すると、病室を出た。しかし、病院の廊下を歩く間に涙が一気に溢れだした。外来のロビーまで来た時、待合室のソファに腰掛けハンカチで顔を覆って声を殺して泣いた。仕事場から病院に駆けつけた周作さんが母を見つけて近づいてきた。

「蓉子さん、すまない。意識を取り戻したきくゑが何か言ったんだろう。許してやって下さい。この通りだ」

周作さんが頭を下げて優しく母へ語りかけてきた。

「いいえ、大丈夫です。覚悟はして来たんです。でも、いざ突き放されると捨てられたあの時を思い出してしまって」

心配した泉美さんも母を追ってきた。

「蓉子姉さん、母さんは朦朧とした意識だから本気にしないで下さい。どうか許してあげて下さい。本当に申し訳ありません」

親子二人で深く頭を下げた。

「もう、顔を上げて下さい。私、このまま横浜へ帰ります。どうか心配しないで下さい」

「蓉子姉さん、駅まで僕が車で送るよ。東京から車を運転してきたんだ」

雅夫叔父さんもやってきた。

「雅夫さん、東京から運転してきたの?」

「ああ、夜行列車に間に合わなくて高速を飛ばしてきた。じゃあ、行こうか姉さん」

「ありがとう、雅夫さん。それでは周作さん、泉美さん、後は宜しくお願いします」

深くお辞儀して母は病院を後にした。

横浜に帰ってきた母は憔悴し切った顔をしていた。心配して待っていた父は優しく母を迎えた。すると父の胸に抱きついて母は声を出して泣いた。思いきり泣くといつもの笑顔が戻った。そして、姿勢を正して父に向かって丁寧に言葉を発した。

「ご心配かけました。脳梗塞で倒れた私の母は無事に意識を取り戻しました。一週間後には退院できるそうです」

その日、母は私にこれまでの顛末を詳細に話してくれた。娘に伝えることで自分の心を整理していたのだと思う。母の心にある痛みを、私が聞くことで少しでも癒やされるならそれで良かった。

いつしか、母が祖母のことで留守をする時は私が家事をするようになった。そんな時、記憶に残る祖母の味を再現してみるが、上手くいかないままだった。

桜の花が咲くある週末に懐かしい人が来た。両親の仲人をしてくれた大叔父の元治さんだった。足取りが弱々しくなり、杖をついて鷺宮家へやっと辿り着いた様相だった。

「蓉子ちゃん、明日から病院へ入院するんだよ。その前に逢っておきたくてお邪魔したんだ。元気そうで良かった」

「元治おじさん、どこが悪んですか？」

「ちょっとお腹の調子が悪くてね、大腸の手術をするんだ」

「何か食べたい物はないですか？　私が作ってご馳走します」

「茶碗蒸しと筍ご飯に鰆《さわら》の幽庵焼き」

「承知しました。それではしばらくの間、ここで待っていて下さい」

「すまない、ちょっと横になっていいかね」

母が長いソファに案内し、毛布を掛けて休んでもらった。祖母に逢いに行くことを黙認して見守ってくれた優しい元治大叔父さんは、ここ数年の間に急に老けてしまった。

「出来上がったら呼びに来ますから、ゆっくり休んでいて下さい」

「ありがとう、蓉子ちゃん。栄治君はどうしているかね？」

「今日は、直樹と一緒に桜木町で映画鑑賞です」

「ああ、ほら、麗子ちゃんは？」

「友達と関内で待ち合わせてコンサートです」

「皆、留守か」

「元治おじさん、電話一本くれたら皆で待ってたのに」

「そうか、残念だったな」

淋しそうにそう言うと、目を閉じかけたが、

「夕方には皆戻ります。それまで家でゆっくり寛げる時間はありますよね、元治おじさん？」

と問われて、薄目を開いて返答した。

「皆で夕食を食べて、その後は栄治さんが車で元治おじさんの自宅へ送りますから」

「ああ、そうだね」

「そうかい、じゃあお願いするよ」

母は心配になり大叔父の家へこっそり連絡してみた。今年の三月中旬に大腸癌が見つかり、検査入院して手術をするかどうか決めることになっていた。

深い溜息が出た。せめて今夜だけは美味しい物を心ゆくまで食べさせてあげたい。

母は祖母から教わった手順で料理を始めた。桜の花びらが風に吹かれてひらりひらりと開け放たれていた窓から入ってきた。包丁を持つ手に一枚舞い降りる。時の刻みを一瞬だけ遮ったようだった。

花びらを手に取ると、母は窓をゆっくり閉めた。

リビングルームにある壁掛け時計の長針と短針が縦に一直線になり電子音が鳴った。

それを合図に家族が揃い元治大叔父さんと一緒に食卓についた。

「やあ、こんばんは。急に皆に逢いたくなって来ました。僕は明日、大学病院へ入院します。元気になれるよう頑張ろうと思ってます」

母がグラスを掲げた。

「それでは、元治おじさんの病気回復を願って乾杯」

「ありがとう。今夜の白ワインは美味しそうだね」

元治大叔父さんは一つ一つの料理を噛みしめて味わってくれた。見事に完食すると満足そうに笑った。

「ご馳走様でした」

最後に皆で記念撮影をした。カメラに向かう母の瞳が寂しげに潤んでいた。

玄関まで皆で見送り、父が元治大叔父さんを車に乗せると静かに発進させた。車が見えなくなるまで、私達は手を振った。ふと夜空を見上げたら満月だった。

その後、祖母は健康を取り戻し、いつもの日常が始まりかけていた。それを覆し嘲笑するように運命は谷間へと転がり始めた。

周作さんがシロの散歩中に吐血して意識を失ったのである。飼い主の異変を祖母達に知らせたのはシロだった。救急搬送されたが、病院で手当てを受けている間に亡くなった。雅夫叔父さんから訃報を受けた母は呆然としていた。

「蓉子姉さん、僕が運転する車で一緒に行こう。今からそっちへ迎えに行くから準備しておいて下さい」

「ええ、分かりました」

母は現実を受け入れることができないまま、ほとんど無意識に支度をしていた。あまりに突然すぎて感情が追いつかない。〝どうして〟の言葉が何度も頭の中で繰り返されていた。

「お母さん、きくゑお祖母ちゃんが最も愛した人の最期をしっかり見送ってあげてきて」

「麗子ちゃん、ありがとう」

やっと我に返った母は凜として、迎えに来た雅夫叔父さんの車に乗った。

「行ってきます。麗子ちゃん、家のことお願いします」

「任せて頂戴、お母さん。行ってらっしゃい。雅夫叔父さん、安全運転を忘れずにね。母を宜しくお願いします」

「麗子ちゃん、いつの間にか大人になったね。大丈夫、無理はしないから。じゃあ行ってきます」

周作さんの葬儀は誠実な人柄を偲ぶ大勢の弔問客で厳かに催され、両親が眠る菩提寺の墓地へ納骨された。飼っていたシロは周作さんが吐血した時間になると自らお墓へ日参していたが、納骨から一週間後の翌朝、後を追うように墓前で息を引き取った。

一番心配だった祖母はどこまでも気丈だった。母から伝え聞いた様子では、祖母は人前で取り乱したり、泣き崩れる気配は微塵も見せなかったらしい。心から愛し尊敬していた周作さんを手厚く送り出す姿は、威風堂々としていたという。

そして喪が明けると祖母は事務的な処理に追われた。周作さんが経営していた工務店は愛弟子が継ぐことになった。故人を偲び泣いている余裕などない。旅館を営みながら祖母は多忙な日々を過ごしていた。

周作さんの一周忌が終わった日、江原家の祖父宛てに手紙が届いた。

差出人は、杉山きくゑ。

祖母が祖父宛てに手紙を書いたのは、駆け落ちをした時に残した書き置き以来となる。

江原善治様へ

唐突なお便りに、さぞ驚かれていることと思います。

なぜ、私がこのように手紙を綴ろうとしたのか、それは、善治さんの気持ちに初めて気づいたからです。最愛の人を失うことほど哀しいものはありません。私は自分

郵便はがき

料金受取人払郵便

新宿局承認

3971

差出有効期間
2022年7月
31日まで
(切手不要)

160-8791

141

東京都新宿区新宿1－10－1

(株)文芸社

愛読者カード係 行

ふりがな お名前		明治 大正 昭和 平成	年生 歳	
ふりがな ご住所	□□□-□□□□		性別 男・女	
お電話 番　号	(書籍ご注文の際に必要です)	ご職業		
E-mail				
ご購読雑誌(複数可)		ご購読新聞	新聞	

最近読んでおもしろかった本や今後、とりあげてほしいテーマをお教えください。

ご自分の研究成果や経験、お考え等を出版してみたいというお気持ちはありますか。

ある　　ない　　内容・テーマ(　　　　　　　　　　　　)

現在完成した作品をお持ちですか。

ある　　ない　　ジャンル・原稿量(　　　　　　　　　　　　)

書　名				
お買上 書　店	都道 府県	市区 郡	書店名	書店
			ご購入日	年　　月　　日

本書をどこでお知りになりましたか?

1.書店店頭　2.知人にすすめられて　3.インターネット(サイト名　　　　　　)

4.DMハガキ　5.広告、記事を見て(新聞、雑誌名　　　　　　)

上の質問に関連して、ご購入の決め手となったのは?

1.タイトル　2.著者　3.内容　4.カバーデザイン　5.帯

その他ご自由にお書きください。

(　　　　　　)

本書についてのご意見、ご感想をお聞かせください。

①内容について

②カバー、タイトル、帯について

弊社Webサイトからもご意見、ご感想をお寄せいただけます。

協力ありがとうございました。

お寄せいただいたご意見、ご感想は新聞広告等で匿名にて使わせていただくことがあります。

お客様の個人情報は、小社からの連絡のみに使用します。社外に提供することは一切ありません。

書籍のご注文は、お近くの書店または、ブックサービス(0120-29-9625)、セブンネットショッピング(http://7net.omni7.jp/)にお申し込み下さい。

が抱えている事柄で頭が一杯でした。貴方の心を無視して平然として今日まで生きてきた愚かな女です。今さら、寛恕を願うような浅ましい気持ちは皆無ですからご安心下さい。

周作さんと出逢って共に生きてきて、私はあまりにも身勝手な人間だったと悟らされました。一度も周作さんから何か意見をされたり、説教めいたことを言われたことはなかったと思います。いつも温かく見守って私を誰よりも大切にしてくれました。心から愛される日々によって、私の中にある穢れたものが一つずつ剥がされ、纏わりついた泥が洗い流されました。

私が犯した罪は消えることはないでしょう。貴方や娘達をどれだけ傷つけ、苦しめ、社会的辱めを受けさせたかは周知の通りです。

周作さんを失って一人になった今、取り残される人の気持ちが分かりました。

貴方が菊江さんを亡くした時、どれほど淋しかったか。その後も後妻を迎えることなく生きてきた。それは菊江さんが善治さんにとって唯一、最愛の女性だったからではないでしょうか。誰も代わりはいない。ずっと探し続けていた理想の女性。違いますか？

孫娘の麗子から菊江さんの最期のメッセージを聞かせて頂きました。麗子は覚えたばかりのひらがなで絵日記に書き記していたようです。

お互いに出逢うのが早すぎたんですね。だから、二番目に巡り合えた人がそれぞれの赤い糸の人だった。これは都合のいい言い逃れではありません。

周作さんが逝ってからしばらくは放心状態でした。ところが思い出というものは、いいえ、記憶というものは消えないようにできているんですね。周作さんは、私の中で永遠に生きています。いつの間にか自分で育てていました。目を閉じるとビデオフィルムを巻き戻すようにいろんな出来事が蘇るんです。一見それに反するようですが、貴方に出逢ったことは必然だったと思います。

人は失敗して成長するように神様が創造された気がします。

高輪に料亭があった頃に話を戻しましょう。菊江さんが貴方の寝室で一緒に生活するようになり、私はその様子を目にしていたのに嫉妬という感情が何も湧きませんでした。むしろ、それを待っていたのかも知れません。同じような時に私は周作さんと、深夜になるのを待って逢瀬を重ねていました。何もかも捨てる覚悟でいたのです。それほど周作さんを深く愛していました。酷い女ですね。

懺悔の気持ちで綴らせて頂きました。何も告白せずにこのまま終わるのは一生後悔すると思ったからです。

周作さんが私を迎えに来てくれる日も近いことでしょう。

善治さん、貴方は長生きして天寿を全うして下さい。孫の世代がどんな時代を生きるか、一族を代表して見届けてほしいのです。

どうか御身を大切に。

杉山きくゑ拝

祖父は手紙を読み終えると春慶塗りの文箱に仕舞った。そして、ふと思いついたように受話器を取った。無意識に横浜の電話番号をプッシュしていた。

その時、偶然私が電話を取った。

「もしもし、鷺宮でございます」

「江原です。もしかして麗子かい？」

「はい、麗子です。お祖父ちゃんお久し振りです。お元気でしたか？」

「ああ、まあね。今、何歳になったの？」

「十七歳です」

「そうか、あれから随分と経ったんだね」

「お祖父ちゃん、母と代わりますね」

まさか、私に用事があってかけているとは思わなかったので、すぐに母を呼び出すと、しばらく二人は話し込んでいた。話し終わると母が私の傍に来て、

「お祖父ちゃんが明日の午後、麗子ちゃんに逢いに我が家へ来るんだって」

と囁くように耳打ちした。

祖父は一度も鷺宮家を訪れたことがない。祖母と遇わないようにするためだろう。本当は祖父も、土地を提供した鷺宮家を訪ねたかったはずだ。

翌日、やわらかな陽射しがレースのカーテン越しに入ってきた頃、スーツ姿の祖父が初めて我が家へ来た。優雅で気品あるロマンスグレーの英国紳士を思わせた。

「ようこそ、お祖父ちゃん」

「モダンな家だね。今夜は弟の所へ泊まることにしてある。どうやら具合があまり芳しくないんだ。ここで蓉子が手料理を作ってご馳走してくれたこと、元治は喜んでいたよ」

「お父さん、元治おじさんはだいぶ悪いんですか？」

「残念ながら、手術はせず今は在宅医療を受けている。自宅で療養したほうがいいだろう。医師の診断ではあと二か月くらいだそうだ」

「元治おじさんには本当にお世話になったから、できるだけ穏やかに過ごしてほしいです。私に何ができるわけではないですけど……」

「蓉子、毎週土曜日でいいからお弁当作って元治に届けてくれないか」

「はい、喜んで作らせて頂きます」

祖父はリビングのソファに座ると、ジャケットのポケットから小さな立方体の箱を取り出した。

「麗子、君に菊江の指輪を譲ろう。実は菊江の祥月命日に遺品の整理をしていたら、ふいに指輪が思い浮かんでね、ケースを開けてみると折り畳んだ和紙が蓋のほうに挟まってたんだ。早速取り出して開いてみたら、孫娘の麗子に指輪を渡してほしいと書面に綴られていたんだ」

「えっ？　どうして私に……」

私には、大切な指輪をもらう理由がどこにもない。躊躇していると母が面白いことを言った。

「きっと長崎カステラよ。いつも一番喜んで食べていたでしょ。それが嬉しかったのよ。素直に受け取っていいんじゃない？」

妙に説得力を感じて、祖父から指輪を受け取ることにした。

「ありがとうございます。あの、開けてみていいですか？」

「どうぞ」

私は指輪の入った箱を丁寧に開けた。中に丸い別珍の指輪ケースがスッポリと収まっていた。それを取り出し蓋を開ける。ダイヤのファッションリングだった。

「麗子は四月生まれだろ。菊江と同じなんだ。玄関で麗子を見た時、一瞬だけ菊江に見間違えそうになった」

「だって、私は菊江さんとは血縁関係ではないでしょ」

「実は、君の父親の栄治君とは繋がっていたんだ」

「お父さん、それはどういう意味ですか？」

隣にいた母がひどく驚いて尋ねた。

「ずっと菊江の父親を捜していたんだ。外交官名簿を調べてやっと判明した。菊江と栄治君は異母姉弟だった。運命とは不思議なものだよ」

私は祖父の言葉に鳥肌が立った。以前、雅夫叔父さんが家系を調べていたことを思い出した。まさか菊江さんと私が血縁関係だったとは言葉もない。

すると母が興奮して話し出した。

「私が知り合った時、すでに栄治さんの父親は他界してました。彼は四人兄弟の末っ子よ。兄弟の中では一番成績が良くて帝大へ進学し、卒業する前に銀行へ就職が内定していたんです。でも、エリートぶったところがない誠実な人です」

「お母さん、お父さんもこの事実は知らないと思う。だから、早とちりはしないで」

「麗子の言う通りだ。栄治君は何も知らないんだ」

「そうなんですか、お父さん」

「恐らく、栄治君の家族は皆、何も知らされてはいない。彼の父親はどこか私に似ているようだ。墓場まで何も語らずに心に秘めて逝ったんだろう」

「知らないほうが良いこともあるでしょ、お祖父ちゃん？」

「そうだね」

「お父さん、今のことは栄治さんへ伝えたほうがいいんでしょうか？」

「蓉子に任せるよ。私は知らせないほうが賢明だと思うがね」

母はしばらく考え込んでいた。秘密を知った以上三人は同罪。母は私にどうするのか聞いてきた。私は即座に沈黙を選択すると答えた。父が苦悩する姿を見たくないからだ。母も気持ちが定まり、何も知らなかった聞かなかったことに決めた。

母が落ち着くと、祖父はさらに、祖母のきくゑから手紙が来たと話した。その貴重な手紙を読んでもいいと、私に手渡した。私は母に先に読んでもらおうとしたが、母は首を横に振り私が先に読むよう促した。

手紙を読んだ私は、祖父母の間にある関係は兄妹みたいだと思った。兄妹だから結ばれてはいけない。だから、のちに出逢った人がお互いの伴侶だった。私なりの身勝手な、根拠のない解釈をした。

祖父に感想を率直に話すと含み笑いをした。

「麗子は、想像力が豊かだね」

次に母が読み出すとボロボロと涙を零して泣き出してしまった。

「お父さん、この手紙どうされるんですか?」

「蓉子に預けるよ。私が亡くなった時、これを棺に入れてくれ。これは遺言だ。麗子、君の超越した妄想力は凄いな。鋭い勘が働くんだね。驚いたよ」

私は祖父の言葉を耳にして内心では驚いていた。もし、それが真実なら腑に落ちることがある。雅夫叔父さんが我が家へ下宿していた頃、直系や傍系の家系を調べていた。何度かラフなメモ書きを雅夫叔父さんが私に見せてくれた。江原家は長男の善治、次男の元治に続き長女が死産と記されている。しかし、事実は長女が生まれた時は仮死状態だった。事情を聞いた知り合いを通じて、赤子を死産したばかりの大島夫婦が引き取り、ほどなく産声を上げ蘇生したらしい噂がある。その後、密かに大島家の長女として籍を入れたのではないか。その長女が祖母きくゑだったのではないか。雅夫叔父さんは自分の推論を私にそう話してくれた。何も知らされずに二人は銘々に育って奇跡的に巡り合った。祖父母は誕生日が四年違いの同じ月日だった。私は祖母の手紙を読んで疑惑を拭い切れなくなった。確証はどこにもないが、胸騒ぎがしてならない。

「お祖父ちゃん、この指輪、私は生涯大切にします。美しい菊江さんには何一つ敵わないけど」

「人と比較するなんてナンセンスだ」

その一言で私は救われた気がした。祖母、母、菊江さん、三人の女性がグルグルと私の中で駆け巡っている。三人の共通しているところは何だろう……。そうだ、太陽の光を受けて姿を変える月のようだ。そう思った。

用事が済むと祖父はソファから立ち上がった。元治大叔父さんの所へ向かうためだ。母は渡したいものがあると言って慌ててキッチンに走った。その隙を窺って私は祖父の傍に近寄り、耳元で囁くように話しかけた。

「お祖父ちゃんときくゑお祖母ちゃんが兄妹みたいだと感じたことはなかったです

か？」

「随分と大胆で唐突な質問だね。特に感じたことはないよ。今言えるのは、亡くなった菊江と栄治君が異母姉弟と判明したのは菊江の命日だったということだ」

「お祖父ちゃん、偉そうに無理な質問してごめんなさい。でも、運命の悪戯って残酷ですね」

私は心が抉《えぐ》られた気持ちだった。真実に触れることは時に想像を超越する覚悟がいる。祖父はその秘密を全部一人で背負ってきたに違いない。

「お父さん、これ鯉こくです。元治おじさんに食べてもらえたら。少しは元気になるでしょ。あと、ハイヤー呼んであります」

「ありがとう。鯉こく、よく覚えていたね。確かに渡すよ。それじゃあ、栄治君と直樹に宜しくと伝えておいてくれ」

祖父はスラリとした長身でリズミカルに歩く人だった。玄関を出てタクシーに乗り込むまで、映画のワンシーンを見ているような錯覚に陥った。この日、祖父母を見つめる私の視点が大きく変わった。

それから季節が巡り、母の父親代わりだった元治大叔父さんが天国へ旅立った。桃の節句だった。余命二か月から約一年延命して、最期は「ふーっ」と息を吐いて永眠した。床の間に飾られている雛人形が雅楽を奏で、道案内をして雲の階段をゆっくり昇る元治大叔父さんが見えたような気がした。

私は急に祖母のことが心配になった。年に数回定期的に我が家へ来ていたのに音沙汰がない。そんな時に雅夫叔父さんから電話が入った。長い間運営していた高松旅館を閉館し、そこをマンションにするという知らせだった。向かい側の駐車場だった所に自宅を建てる計画らしい。工事が済むまで祖母と泉美さんは周作さんが遺した工務店の二階へ仮住まいすることになった。時代の流れは人が変われば風景も一変していく。

一連の工事が終了し、祖母と泉美さんは新しい家へ引っ越した。それも束の間、恐れていたことが現実になった。祖母が再び倒れてしまった。

即日病院へ入院した。

母は羽田から飛行機で向かい、到着した空港からタクシーで病院へ駆けつけた。今度は急がないと間に合わないという胸騒ぎがしたからだ。病室へ入ると酸素吸入器をつけた祖母が別人の姿と化し、ベッドに横たわっていた。付き添っていた泉美さんに会釈をし、母は走り寄り祖母の手を握った。

「お母さん、蓉子です。分かりますか？」

「蓉子、来てくれてありがとう。この前は酷いことを言ってごめんなさいね。貴女を傷つけてしまって。許して頂戴ね」

「お母さん、私は何も恨んでいません」

「良かった。どうしても貴女には謝りたかったの……」

まるで母を待っていたかのように祖母は昏睡状態になった。とっさに母はナースコールを何度も押した。カンファレンス中だった医師や看護婦と共に雅夫叔父さんが来た。

やがて、心電図の波長が虚しく一直線になった——。

祖母の臨終が医師から淡々と告げられた。

母にとって憧憬の女性が亡くなった。

葬儀は周作さんと同じ斎場で行われた。祭壇に飾られた遺影の祖母は、穏やかに微笑み、この上なく美しかった。

そこに祖父が弔問に訪れた。焼香を済ませると静かに退場した。同席していた母が後を追う。

「お父さん、有り難うございます。お母さん、きっと喜んでるわ」

「最期くらいは見送ってあげたくて恥を忍んできたよ。きくゑは私にとって大切な存在だったから」

祖父の頬に涙が伝っていた。

父親の涙を初めて見た母は感情が堰を切って溢れ出し嗚咽した。祖父が優しく母を引き寄せて抱擁した。母の心の奥底に潜むしこりが溶解していった。

「私、貴方の娘で本当に良かったです」

「そうかい、何より嬉しい言葉だね」

その夜は星がことのほか綺麗に輝いていた。調べたら「裏満月」と言われる新月だった。

祖母の四十九日が過ぎた。

泉美さんから私宛てに宅配便が届いた。荷を解くと立派な桐の箱が入っていた。蓋を開けてみたら朱色の帯と鮮やかなオレンジ色の浴衣、そして和装用の小物類を含めた一式が収められていた。箱の隅に白い封筒が挟まっていた。開封してみると、泉美さんが書いた一筆箋だった。祖母が私のために購入していた贈り物だと記してあった。浴衣を広げてみると、オレンジ色の生地に白抜きした朝顔の図柄だった。朱色の帯を手に取ったら、パラリと和紙のメモ紙が落ちた。

孫娘麗子への贈り物一式。四十九日後に渡すこと

杉山きくゑ

祖母の達筆な筆文字だった。

母も少女だったあの頃、こうして祖母の筆文字を読み、心の内で母親を慕い求め、強く生きようとしたのだろう。私は祖母の心遣いが嬉しくてメモ紙を何度も読み返した。お彼岸に祖母達が眠る墓地へこの浴衣を着てお墓参りに行こうと決めた。母も同行してくれることになった。

彼岸入りした秋分の日、祖母から贈られた浴衣を身に纏い、母と二人で東北新幹線と特急を乗り継いで祖母の街を訪ねた。母に着物を着付ける手ほどきを受け、髪はい

つも母が結い上げるのを真似して自分でやってみた。

到着した駅からタクシーで菩提寺に直行した。祖母と周作さんが眠る墓前に辿り着くと、誰かがすでに献花していた。泉美さんか雅夫叔父さんだろうか。線香を焚き両手を合わせて祖母へ感謝と慰労の祈りを捧げた。

ふと、背後に人の気配を感じて振り向くと、視線の先に祖父が立っていた。

「お祖父ちゃん、お墓参りに来られたんですか？」

「ああ、お彼岸だからね。先にこちらへ寄らせてもらったよ」

「お父さん、ここのお墓ご存知だったんですね」

「雅夫君から聞いたんだ」

「驚いた、まさかお祖父ちゃんとお墓の前で会うなんて」

「浴衣姿の麗子を見かけて、十三年前に亡くなった菊江にあまりに似ていたから、戻ってきたんだ」

「お祖父ちゃん、私が美人の菊江さんに似ているわけないでしょ。きっと菊江さんが私の傍にいるんじゃない？」

「いや、最近の麗子は大人の顔立ちになった。幼さがすっかり抜けてきたよ」

「そうね、麗子は蛹からアゲハ蝶になったと私も思うわ」

「論より証拠。桜の木をバックに写真を撮ってあげよう。そこに蓉子と並んでくれ」

言われるがまま桜の木の所まで歩き母と二人で並んだ。

数枚ほど祖父は写真を撮った。

「現像したら写真を送るよ」

「お祖父ちゃん、楽しみにして待ってます」

祖父は右手でサヨナラのポーズを取り、踵を返してお寺の参道を歩き出したかと思ったら、あっという間に視界から消えた。

墓参りの後、母と私は新築した杉山家に立ち寄り、仏壇で焼香をした。祖母が逝き、一人きりになった泉美さんには婚約者がいる。十月に結婚式を挙げることが決まっていて、マンション経営を夫婦ですることになった。仲人役は雅夫叔父さんだった。妹の今後を心配して何度となく東京から足を運んでいたのだ。

「泉美さん、この街で幸せになってね」

「蓉子姉さん、ありがとうございます。両親の思い出が詰まった場所で強く生きていきます」

「横浜へも遊びに来て下さいね。待ってますから」

「はい、彼と一緒に伺います。麗子ちゃん、お母さんが贈った浴衣を着てくれてありがとう。とっても嬉しかった」

「こちらこそ、こんなに綺麗な浴衣をプレゼントして頂いて本当に嬉しかったです。朱色の帯に挟まれていたお祖母ちゃんのメモ書きを何度も読み返して胸が一杯になりました」

「お母さんは、面と向かって何かするのが苦手で、とってもシャイな人だったの」

「それは私も泉美姉さんと同感です。どうか婚約者の方と共に幸せになって下さい。それでは、これで失礼します」

「気を付けて横浜へ帰って下さい。ごきげんよう、蓉子姉さん、麗子ちゃん」

そこからハイヤーを呼んで駅へ向かった。祖母が利用した思い出深い寝台特急列車で横浜へ帰ることにした。A寝台が二人分空席になっていたからだ。その車内で列車に揺られながら母が私に語ってくれたことが今も忘れられない。

祖父は二人兄弟。祖父が長男で元治大叔父さんが次男。その次に長女がいたが死産している。母親は長女を死産してから体調を崩し、後を追うように逝去した。父親は製材業を営み、多くの不動産を所有していた。母親が亡くなってから、家のあれこれをお世話する女性を住み込みで雇っていた。何人か入れ替わったが、後妻を迎えることはなかった。

「何か、今のお祖父ちゃんと似ているね。ところで、お祖父ちゃんとお祖母ちゃんは、お見合いじゃないよね？」

「もちろん、恋愛よ。確か料理見習いで同じ料亭で知り合ったそうよ」

「やっぱりね。どんな出逢いだったんだろう」

「お父さんの一目惚れよ」

「えっ、お祖父ちゃんの一目惚れ？　そうだったんだ」

「竈でご飯を炊く手際良さ、男顔負けの包丁さばき。とにかく何をするにしても所作が綺麗だったって。そして牡丹の花みたいに美人でしょ」

「お祖母ちゃん、男前な女性だったんだ」

「そうそう、本当にその通り。さらに運命を感じたのは、年齢は違っていたけど同じ誕生日だったこと」

「同じ誕生日の人って探せば結構いると思うけど、巡り合う確率は低いんじゃない？」

「お父さんは意外と行動派だから、かなり積極的にお母さんをデートに誘ったみたい」

「お祖父ちゃんて、一途だからね」

「もう、押しの一手で結婚を申し込んだそうよ」

「それで、お祖母ちゃんはお祖父ちゃんの不思議な魔力に惹かれて承諾したんだ」

「そうよ、お父さんだってスラリとした英国風の美男子だったから」

「ねえ、お母さん、お祖母ちゃんの実家はどこなの？」

「浅草よ。お蕎麦屋さん。行列ができるほど評判だったみたい」

「そのお蕎麦屋さん、今もあるかしら」

「残念ながら空襲で焼けてしまったわ。その時に両親も犠牲になって亡くなってる……」

「戦争って残酷だね。お祖母ちゃんは何人兄弟だったんだろう」

「兄がいたけど七歳で病死してる。他に血縁はいないはず」

「じゃあ、一人娘だったんだ」

「とても大事に育てられたそうよ」

「ところで後妻になった菊江さんが亡くなってから、お祖父ちゃんはどうしてたの？」

「料亭を閉じて、親から受け継いだ不動産業も整理して行政書士の仕事を始めたのよ。料亭は改装して、姉の景子家族が一緒に住んで三世帯住宅になってる」

「江原家の食卓って大勢で賑やかだものね。ところでお母さん、どうして自分を捨てた母親を許せるようになったの？」

「いきなり聞かれても困るけど、雅夫さんが我が家に下宿することが決まった時にすべてが吹っ切れた」

一番知りたかった母の心情を知り、話せなかった想いが解けて私は胸のつかえが下りた気がした。いつになく、深夜まで母と話し込んだ夜だった。寝台特急列車を利用したのはこれが最後になった。

彼岸明けした日に祖父から白いクッション封筒に入ったミニアルバムが届いた。A5サイズの冊子になっていた。最初の頁は祖父と菊江さんのツーショット写真、見開きになる頁は祖父と祖母のソロショット、次の見開きは左側が雅夫叔父さんと徳子さんが並んだ写真で、右側は東京タワーで撮影した祖母と母と私のスリーショット。

そこまで見て、私は次の頁を開くのが怖くなった。深呼吸してから捲ると、あの日、母と二人で桜の木の下で撮影した浴衣姿の写真だった。それが数枚続いた。いつもの自分とは明らかに違う。最初は、母の隣にいるのは誰だろうと思ったくらいだ。その次の見開きは、菊江さんの麗しい和服姿、隣の頁は浴衣姿の私だった。思わず姉妹じゃないかと勘違いしそうだった。

「麗子ちゃん、私にも見せて頂戴」

母に呼びかけられて我に返った。

「気が付かなくてごめんなさい。はい、これ」

ミニアルバムを見ている母の顔色が突然変わった。母は写真ではなく、一番最後の頁に記された家系図を見ていた。

「これは嘘よね。お父さん特有のジョークでしょ。今日はエイプリルフールじゃないのに、変よね」

「お祖父ちゃん特有のジョークよ。お母さん心配しないで。ほら、これはフィクションです。騙されないで下さい。悪しからず。とコメントあるじゃない」

「いやだ〜！　まんまと騙されたわ。もう、お父さんたら、心臓が破裂するかと思った」

　母は安心したのかコロコロ笑った。

「お父さんがこんなことする人だとは知らなかった。私はお母さんしか眼中になかったのね。なんだか申し訳ない」

　まさか、こんな形で真実を母に知らせてしまうことになるのかと一瞬戸惑った。祖父はユーモアにすり替えていた。

「お母さん、今夜、お祖父ちゃんへお礼の手紙書きます。そのほうが気持ちを伝えやすいから」

「そう、孫娘からの手紙、きっと喜ぶわよ」

　ミニアルバムを白いクッション封筒に戻そうとした時、中からもう一枚、ラミネート加工した写真が出てきた。ブロマイドを思わせる若くて美しい祖父母の結婚記念写真だった。裏には結婚した日付と写真館名が記されていた。母が二十歳の記念に着物を着て撮影したのと同じ写真館だ。二人の清楚な顔立ちは、どこかで見たような懐かしさがあった。
その夜、祖父に宛てて私の率直な思いを真っ白な和紙の便箋に認めた。

江原善治様へ

思いもかけない素敵なミニアルバムと結婚記念写真有り難うございました。ミニアルバム最後の頁は一瞬「気まぐれな戯言」かと勘違いするところでした。でも、これが事実だったらかなり衝撃です。何も知らない二人が出逢い結ばれた後に信じがたい運命が隠されていた。それを知っているのは片方だけ。棘が刺さったままでいいのでしょうか。スッと抜いて楽になって下さい。棘は私が解かして洗い流してあげましょう。
聖書では人類始祖アダムとイブは兄妹でした。そこから人類が始まって繁殖していった歴史があります。

でも、無理にこじつけて弁解しても虚しくなりそうですね。ミニアルバム最後の頁は高輪にあった料亭のモノクロ写真にすり替えました。きくゑお祖母ちゃんから頂いた貴重な一枚です。

どうにもならない大きな運命のうねり。抗えない無力さ。そんな時、胸の奥でひたすら貴方は祈ってこられたのではないでしょうか。いつしかその想いは同じように独り身になった杉山きくゑさんに届き、あの手紙を綴らせてしまった。そんな気がしてなりません。孫娘の他愛ない想像力を笑って下さい。尚、フィクションとなっている家系図は昨夜燃やしました。

お二人の結婚記念写真は永久保存します。あまりにも美しくて心酔しました。私の中に二人から伝わる血が流れていることを誇りに思います。

お礼状がとりとめのない内容になってしまいました。アルバムを捲っていてふと感じたことがあります。これは心から愛しく想っている人への軌跡。

私の宝物になりました。有り難うございます。

夏の疲れが出る頃です。くれぐれもご自愛のほど専一に。

九月吉日

鷺宮麗子拝

祖父の許へ手紙が届いた日、今度は私に直接電話がかかってきた。手紙の返事を書こうとしたが、書簡として残すのは避けたいと電話にしたという。私は覚悟を決めて祖父の告白を聞いた。

「私が真実を知ったのは、実は杉山雅夫君に聞かされたからなんだ。彼は自分のルーツが知りたくて大学の休みを利用して戸籍やお寺の過去帳を調査していた。そこで衝撃的な事実が判明し、しばらくはあまりのショックで眠れなかったそうだ。誰にも告げず自分一人の胸に秘めておこうと思ったが、ついに耐えきれず私を訪ねてきたんだ。私と雅夫君とは血縁関係で他人ではなかったと真実を話してくれた。家系図には、私の弟、元治の後に生まれた長女は死産と記されていただろう。ところが実際は仮死状態から息を吹き返していたんだ。ただし、出産したばかりの母親は危篤状態にあり育てることは難しい。赤子を取り上げた助産婦が悩んだ末に同じような境遇で子どもを死産した、浅草で蕎麦屋をしている大島夫婦のもとへ密かに預けたんだ。その赤子が、旧姓、大島きくゑなんだ。恐らく彼女は何も知らされていないだろう。戸籍上は間違いなく大島家で生まれた長女になっている。なぜこの事実が判明したのかと言えば、雅夫君が付き合っていた恋人の徳子さんなんだ。徳子さんの祖母が大島家と親戚で、母親同士が従姉妹で懇意の仲だった。きくゑがあまりにも両親に似ていないから、冗談で『美しいきくゑさんは橋の下から拾ってきたんでしょう』と言ったら表情が一変し、真実を正直に話してくれたそうだ。徳子さんが雅夫君に惹かれたのは運命だったかも知れない。私はこの話を聞いた時、震撼《しんかん》したよ。あの家系図は雅夫君が書いたものに、これはフィクションですと私が嘘の註記をしたんだ。私にとって雅夫君は甥になる。二人だけの秘密にしておこうと約束した。だから、彼が横浜の鷺宮家に下宿することになったのも、目には見えない大きな力が働いていたんだと思う。何も知らずに兄妹同士が悪戯な縁に引き寄せられ、恋愛して結婚したなんて考えられないことだ。一挙に事実を伝えてしまったね。どうか忘れてくれ給え。私からは以上だ」

私はひと呼吸して心を落ち着かせた。瞬時に祖父へ尋ねたい想いが浮かんだ。

「お祖父ちゃん、一つだけ聞いてもいいですか」

「いいよ」

「杉山きくゑさんを一人の女性として愛していましたか？」

「愛してたよ。今も変わりなくね」

「お祖父ちゃん、有り難う。貴方の孫娘で良かったです」

「母娘だね、蓉子も同じことを私に言っていた」

「お母さん、自分を捨てたお祖母ちゃんを心から許していたみたいです。雅夫叔父さんが我が家に下宿を始めた日から吹っ切れたって」

「雅夫君は私達を再び結んでくれたんだね」

「縁って不思議ですね。お祖父ちゃん、また我が家へ遊びに来て下さい」

「そうだね、じゃあ、またね」

「今日は有り難うございました。お祖父ちゃん、ごきげんよう」

それから間もなく雅夫叔父さんから連絡が来た。祖父の誕生日を鷺宮家でお祝いしてはどうかという提案だった。これは名案と思い両親や兄へすぐに伝えた。家族全員一致で祖父の誕生会をすることにした。

十一月十一日に祖父は七十二歳を迎える。舌の肥えた祖父を手料理でもてなす誕生会だ。私と母は祖母から教わったたくさんのレシピを参考にして献立を考えた。果たして祖母みたいに手際良く上手に作れるか、全くと言っていいほど自信はない。父や兄に試食を依頼し、厳しい採点に気落ちしては創意工夫を重ねていった。

そしていよいよその日が来た。

祖父は飛行機を利用して鷺宮家へ訪ねてくることになった。雅夫叔父さんが羽田空港へ迎えに行った。朝から食事の準備で台所は戦場と化している。

インターホンが鳴る。

母が足早に玄関へ向かいドアを開けた。私も後に続いて祖父が入ってくるのを待った。

「ようこそ、お父さん。お待ちしてました」

「今日は、招待してくれて有り難う」

「お祖父ちゃん、お帰りなさい。雅夫叔父さん、お久し振りです」

「蓉子姉さん、麗子ちゃん、今夜は宜しくお願いします」

「はい、精一杯の心尽くしをさせて頂きます。麗子ちゃん、奥の日本間へ素敵な二人の紳士をご案内して頂戴ね」

玄関から廊下伝いに歩き庭が見える縁側を通り、桃の節句に雛人形を飾っていた日本間へ案内した。庭ではいくつも鉢植えされた大輪の菊が鮮やかな色彩を放ち美しく並んで咲いていた。

「お祖父ちゃん、このお部屋に今夜は泊まって下さい。雅夫叔父さんは、下宿していた時の懐かしい二階にある隠し部屋になります」

「じゃあ、今夜は蟒蛇《うわばみ》になってもいいね」

「雅夫君、その前に一仕事しようか」

「はい、何でしょうか？」

「一緒に皆で料理を作ろう。もう、こんなことは二度とないだろうからね。一期一会さ」

「えっ、僕もですか？」

雅夫叔父さんの声が一瞬裏返った。

「白ワインとウイスキーを買ってきてくれないか」

「それなら任せておいて下さい」

祖父はメモ書きした紙を雅夫叔父さんへ差し出した。雅夫叔父さんは安堵した表情で指定された酒屋へ自家用車で出掛けていった。それを玄関先で見届けた祖父は着ていた上着を脱いでリビングの椅子に掛けると、黒革の鞄からエプロンを取り出した。

ワイシャツの袖を捲り上げネクタイを外して綺麗に畳んで鞄へ仕舞い、持参したエプロンを手際良く身に着けた。

「私が孫の麗子と料理をするのはこれが最初で最後だ」

「はい、分かりました。お祖父ちゃん、とても光栄です」

キッチンにいた母にとってもめての出来事だった。いきなり祖父が入ってきた時、素っ頓狂な声を上げて母は驚いた。そこからは祖父の采配に変わった。予め準備した食材を見て即興で献立を考え、次々と料理に取りかかった。母と私は指示されるまま、従うだけだった。

祖父は、一つ一つの作業にも流れにも無駄がなく、職人技が細部にまで込められた料理を作っていった。食卓へ、出来上がった料理を祖父の構想通りに並べた。キッチンには時間差で出す料理が控えている。すべてを終えると祖父はエプロンを外しワイシャツの袖を戻し、ネクタイを締め上着を着てリビングのソファへ腰かけた。

「二人ともお疲れ様。あとはお任せするよ」

母と私は「はい」と答えた。内心、私は祖父が料理をする姿に圧倒され胸がときめいてしまった。一生涯忘れることがないほど鮮やかだった。

この日を待ち望んでいた父と兄が二人揃って帰宅した。少し遅れて雅夫叔父さんが戻ってきた。思いもかけない祖父の誕生会は、私達がもてなされご馳走になる形に変わってしまった。

全員が食卓についてノンアルコールの白ワインで乾杯した。祖父が作った料理を堪能し、なぜか同じ誕生日だった祖母の話が中心になった。夫婦仲は良かったらしい。お互いにお洒落で装いには人一倍気を遣う。季節や出かける場所に合わせて服装や小物を揃えた。店が休みの日には二人で美術館や映画館へ出かけたり、桜が咲く頃は名所を巡り桜吹雪になるまで花見を楽しんだ。月夜が美しい夜には、縁側で満月が翳るまで尽きない会話をした。そんな二人に別離に向かう運命が訪れる。添い遂げてはいけない関係だったから、天が引き離したのかも知れない。そう考えるほうが自然だ。

すべての真実を知っているのは、私と雅夫叔父さんと祖父の三人で十分だ。

「私だって善治さんに心底惚れていたのよ」

ふと耳元で祖母の声が聞こえたような気がした。

名残惜しい時間はすぐに過ぎていく。初めて祖父が我が家に宿泊し、自ら料理をして誕生会をする異例の出来事は、祖母が雅夫叔父さんを通じて導いてくれたのだと思う。

翌朝、祖父は皆に挨拶をして雅夫叔父さんの車で羽田空港へ向かった。そこへ私も図々しく便乗させてもらった。三人が一緒になれるのはこの時しかなかった。

「お祖父ちゃん、遥々と我が家へ来て下さって有り難うございました。料理をしてくれるなんて想像もしてませんでした。本音を言えば、私達母娘にとって救世主でした。きくゑお祖母ちゃんのレシピ通りに上手くいかなくて、本当に助かりました」

「私が君達にできるたった一つのことは、料理しかないと思ったんだ。きくゑが皆に手料理を振るまったことは栄治君からの年賀状で知った。祖母の味だけでなく祖父の味も伝えたくなってね。彼女とは昔から馬が合った。不思議な繋がりをいつも感じていたよ。それが血縁の繋がりなんだろう」

「それは僕も感じていました。善治さんが伯父さんだと知った時は、むしろ安堵したくらいです」

「お祖父ちゃん、白木蓮が散った日に亡くなった菊江さんと私が血縁だったこと、衝撃でした。私は菊江さんにとって姪だったなんて……」

「僕が最初に杉山家の家系調査をしたのは、菊江さんがきっかけでした。だんだん深みに嵌り抜け出させなくなって、真実に辿り着いた時は急に恐ろしくなって善治さんを訪ねたんです」

「雅夫君にはいろいろと苦労をかけたね。恐らく杉山きくゑと江原菊江は向こうの世界で仲良くやってると思うよ」

「そうですね、二人で皆の未来について語り合ってるんでしょう」

「未来か、そう言えばきくゑの手紙に書いてあったな」

「お祖父ちゃん、私が結婚するまで長生きして下さいね」

「それに関しては只、神のみぞ知るだ」

三人の会話は途切れることなく続いた。

羽田空港に着くと祖父は手短に一言だけ挨拶した。

「ありがとう雅夫君、麗子。また逢おう」

素早く車から降りて私達に向かって右手を軽く上げ、サヨナラの合図をしたかと思うと、出発ロビーに向かってリズミカルに歩いていってしまった。七十二歳とは思えない軽快な足取りだった。


年が明けて春の兆しを告げる桃の節句が訪れた。祖母から贈られた雛人形を客間に飾った。ふと雛段に視線を向けてみた。お内裏様とお雛様はどこか祖父母に似ていると感じた。祖母が一瞬にして選んだ雛人形は、初婚時の江原善治と江原きくゑの姿だった。私に遺してくれた二人の証しであり、最初の雛壇から生まれた命はここへ続いている。廊下から部屋へ射し込む月明かりは天に通じているのかも知れない。

桜が散った後に咲き出す牡丹と芍薬を、私は同じ名前のきくゑお祖母ちゃんと菊江さんだと思いながら、新苗から大事に育てた。毀誉褒貶《きよほうへん》あっても厭わず信念を貫く二人の女性。心から愛する人と添い遂げた生き様は潔く美しいと思う。毎年五月が来ると見事なまでに凛と華麗に咲き誇っている。

時は流れ昭和から平成時代に変わった。祖父は喜寿を迎えた年の師走に老衰で眠るように他界した。今は菊江さんと同じ墓で永眠している。私は雅夫叔父さんが学んだ大学へ進学し、その後社会人となり、人並みに恋愛結婚をして二児の母親になった。祖母が手紙に綴った未来の先にある現在を私は生きている。

息子と娘を連れてテラスに出て、長椅子に腰掛けて文月の夜空を見上げた。降るような星空にアルタイルとベガが輝いて見える。月のカレンダーを確認したら今夜は新月だった。

姿こそ見えないが、ずっと寄り添ってくれる気配に耳を澄ませた。同じ誕生日に七歳になった息子と三歳になった娘を両腕でぎゅっと抱きしめた。二つの体温が私の中にやさしく伝わってきた。

完

この物語はフィクションです。

著者プロフィール

都月 春佳（つづき はるか）

1957年4月28日生まれ。
秋田県出身、神奈川県横浜市在住。
日本大学農獣医学部農芸化学科（現 生物資源科学部生命化学科）卒業。

イラスト協力会社／株式会社ラポール　イラスト事業部

裏満月の華

2020年11月15日　初版第1刷発行

著　者　都月 春佳
発行者　瓜谷 綱延
発行所　株式会社文芸社
〒160-0022　東京都新宿区新宿1－10－1
電話　03-5369-3060（代表）
03-5369-2299（販売）

印刷所　株式会社フクイン

ISBN978-4-286-21267-8